KB126537

몽상가의 팝업스토어

주영중
1968년 서울에서 태어났다.
2007년 『현대시』를 통해 시인으로 등단했다.
시집 『결코 안녕인 세계』 『생환하라, 음화』 『몽상가의 팝업스토어』를 썼다.
현재 대구대학교 교수로 재직 중이다.

파란시선 0128 **몽상가의 팝업스토어**

1판 1쇄 펴낸날 2023년 6월 10일
지은이 주영중
디자인 최선영
인쇄인 (주)두경 정지오
펴낸이 채상우
펴낸곳 (주)함께하는출판그룹파란
등록번호 제2015-000068호
등록일자 2015년 9월 15일
주소 (10387) 경기도 고양시 일산서구 중앙로 1455 대우시티프라자 B1 202-1호
전화 031-919-4288
팩스 031-919-4287
모바일팩스 0504-441-3439
이메일 bookparan2015@hanmail.net

ⓒ주영중, 2023, printed in Seoul, Korea

ISBN 979-11-91897-57-9 03810

값 12,000원

몽상가의 팝업스토어

주영중 시집

시인의 말

먼 살갗이 스쳐 간다
아니

통과했을지도 모른다
빛 너머의 빛이
터졌으니

다시
척박한 지대를 건넌다

다행이다

차례

해설

제1부

점령군처럼

그는 오늘 아침 후투티로 현현했으며 산딸나무 하얀 꽃
잎으로 피어났다

한동안 오지 않던 그가 점령군처럼 왔다
은밀한 햇빛 속에서 산란하던 먼지들처럼

무자비한 그는 자신을 드러내지 않은 채 얼마든지 공간
을 점유한다
왜 그런 자가 존재를 들켜 오래도록 어린 아기의 울음과
기이한 웃음과 모방의 언어를 흘리는 걸까

그윽한 도둑처럼 사라지거나
한 움큼의 물로 두 손을 빠져나가는

생활을 조금이라도 지우지 않는다면 결국 끔찍한 일이
일어날 거야

바람이 휘저은 구름 호수에 젖은 저물녘
거꾸로 오르는 엘리베이터 물에 빠진 아파트 물의 벌어
진 목구멍 속으로 들어가던 그가 쏟아진 아가미로 낙낙한

숨을 쉬고 물로 된 밥과 물로 된 반찬 물로 된 칼날의 통증

눈에서 나온 물이 호수와 뒤섞이고 그리하여 그는 둥근 물의 평원과 알지 못할 물의 나라 물의 대지로 나를 인도했으며
물의 평등 물의 침범 물의 언어 물의 사랑 물의 행적을 보여 주었다
드디어는 물의 광란 물의 해일에 이끌리는 시간
피가 물처럼 설레고
그의 얼굴은 물살로 기억되기도 한다
달빛, 두려움의 냄새가 풍기어 왔다

안녕하세요,
우리는
어색한 악수를 나누고
무한의 공간을 응시한다
오염된 거라구
나쁜 공기에 떠다니는 얼굴
잠시,
무정형의 데스마스크

어느 날 물속으로 사라진 거미가 은빛 줄을 튕겨 쇳소
리를 연주했고

나는 늘어진 시간을 잡아당겨야 했다

두 손에 탈장된 언어를 그러쥔 채 죽은 언어들이 빠져
나가는 것을 지켜보아야 했다

게이트 징수원의 눈물

착란이겠지
게이트 징수원의 눈물

저기 성루에서 흘러나오는 불빛
저 환한 높이에서
통행 여부를 심사하듯 권좌에 앉아
긴 목과 긴 몸을 드리운 여인
밤을 달려와 만난 도시의 파수꾼

하얀 실루엣, 여신처럼 앉아
고양이 구름을 바라본다
다시 돌아왔으므로
통행료를 내야 하지
투명한 눈물이 빗방울이 된다

검은 고양이가
검은 고양이의 뇌수를 파먹는 밤
시간을 달려 처음 만난 여인이
추적추적 반갑고 아련하고
오늘 밤 도시는 물 먹은 듯 휘황하다

한 계절을 보내다

돌아갈 때까지

불빛과 욕망을 빌려 드릴게요

세금 같은 것

재클린의 눈물처럼

우울과 몽상의 도시를 지나

돌로 된 주막 돌로 된 여숙을 향해 달려가는 밤

키리코, 그 겨울의 우울과 신비

폭설이 발등을 찍으며 오래도록 지나간다

유리에 달라붙은 소녀들

하얀 기분이 들더군요 하얗게 슬프더군요

눈사람이 하늘까지 커져서,

하느님이 놀라 장쾌한 눈으로 우리를 바라보면 어쩌죠?

소리를 지를 수도 지르지 않을 수도 없겠죠

타임캡슐

나는 묻는다

잠자리 겹눈에 비친 노랑말의 시체를

옅은 초록의 엽맥 사이로 지나가는 햇살과 바람을

2020년 9월 17일 2시를 향해 밀려오는 눈부신 회한을
덜 여문 옥수수를

저기 걸어오는 비밀스러운 남녀의 속눈썹을 진자주 셔
츠와 원피스를

범나비 날개 위에서 도는 회오리를 막 태어난 구름의
배꼽을

굿바이! 고비
—구름의 몽타주

—

하늘의 거대 서사 오늘의 구름은 무료하지 않다

광대였다가 여인이었다가 아이였다가 악마였다가 변신
을 거듭한다

달려드는 피라냐 혀를 내밀고 죽은 입 피를 흘리며 죽
은 얼굴들 대대로 죽은 얼굴들

표범 얼굴을 한 광대 하체 없이 맞붙은 남녀

구름 너머 켜켜이 쌓인 눈들 눈동자 없는 오로지 눈들

고요히 흐르는 유방의 곡선 아이가 가슴을 뚫는다

하이에나가 물고기 인간이 되고 놀라는 쌍생아 처음으
로 웃는 아이

무수한 성좌가 발아래로 흐르는 한낮 한 몸을 이룬 사
막의 이야기들

—

구름의 서사가 머리를 잡아채듯 요란한데

하늘에 누운 여인은 배 속에서 생사를 거듭한다 입 벌린 악마들이 합창한다

흰 마스크족의 전설
—설영(雪影)에게

눈 그림자 지는 저녁이군
인구보다 많은 영혼들이 사는 곳
이곳 사람들은 꿈꾸는 욕망으로 에네르기를 굴리지
걷다가도 잠시 굴절되는
디지털 몽유 도시
군중들의 미로, 서울로 접어들고 있네

흔들리는 KTX에서 책을 읽었지
사이버 공간 혁명에 대해
난해한 시간들과 글자들이 겹쳐
나를 몽롱하게 통과하더군
눈의 두터운 필터 때문인지
흐릿한 서울역사, 풍경도 여행자도 두 겹 세 겹으로 보이
는데
물처럼 흘러 다닐 이 시간

눈 그림자 지는 저녁이네
자네가 물었지
'이 시대의 화두는 뭐죠' 말파리처럼 나를 쏘았지
찌르고 지나갔지

뿌연 아케이드를 꿈처럼 걸어가네

지난 휴일 머릿니가 생긴 아이를 위해
동네 약국을 뒤져 머릿니 제거 샴푸를 샀지 뭔가
참빗 파는 곳을 몰라 황망해하며
인터넷을 서핑했지
참빗,
세소 진소 천빗 쳉빗 쒸쳉빗, 낯선 말들이 떠다니더군
숨어 있는 머릿니를 촘촘한 빗살로 남김없이 잡아냈지
당분간 영원한 박멸은 어려운 일이네
하나의 머리에서 이를 박멸한다 해도 또 머릿속에서는
대를 이어 이가 탄생할 테니

뭉개진 말들을 수집하며
디지털미디어시티역까지 왔네
매캐한 지하철, 스마트폰에 몰두한 고개 숙인 사람들
퇴근 시간 비좁은 지하철에서
두 손을 모으고 스마트폰 자판을 누르며 받아 적고 왔네
마스크를 쓴 사람들
저 폐쇄의 기운은 뭔가

둥글게 말린 태아의 형상으로
비밀처럼 눈만 끔벅거리는,

'그로테스크한 흰 마스크족'
인간을 그렇게 부를 날이 오겠지
코와 입을 가리는 날들이 늘어 가고 있네

자네 눈에 비친 세상은 어떤가
얼마나 기울었나
피사의 사탑이 수직으로 14센티미터 정도 섰다지
수직으로 서는 건 옳은 건가, 기운다는 건 불편한 건가
사이버 군중들이 구름처럼 걸어가네

응암역 2번 출구에 행상을 차리고
안 깐 콩이며 쪽파며 고구마며 배추를 늘어놓고 앉아 있
는 아주머니와 할머니들
버스가 만원이네
손잡이를 잡고 한 손으로 겨우 받아 적네, 여전히 눈이
뿌연데
지상파에 소개된 뽈찜집을 지나, 고개를 숙였다 들어 보면

편의점과 휴대폰 매장, 신앙으로 가득한 사랑의 교회도
보이네
이 시대와 미래를 위해 기도하세

서울의 끝자락, 불 켜진 유진반점에서
얼큰하고 뜨끈한 짬뽕이나 한 그릇 먹고 싶다 생각했지
콘크리트 상자 속으로 몸을 옮기는 중이네
겹겹이 쌓인 상자 속으로

말파리, 난 그 말이 참 좋네
곧 폭력을 주제로 특강을 한다지
'악의 평범성'은 어디에서 오는가
수많은 사람을 죽음의 길로 내몬 기획자, 아이히만의 표
정은
끝끝내 변하지 않더군
냉소가 흐르는 삐딱한 입,
세기의 재판, 영화 「아이히만 쇼」를 떠올리며 가네
이 시대는 어떤가

겨우 들어온 안온한 상자 속,

방과후교실에서 만든 총을 자랑처럼 들고 아이가 서 있네
창을 향해 긴 총을 쏘았지
고무줄이 유리에 부딪혀 힘없이 떨어지더군
유리 너머 불빛과 어둠을 향해
나도 한 방 쏘아붙였지
빗나간 과녁이더군

오늘은 붉은 달,
왠지 귀신도 유영할 것 같은 날
달의 뒷면에 착륙한 우주선 창어(嫦娥) 4호가 달 뒷면 사
진을 보내왔네

뒷머리가 자꾸 가렵네
이가 기어 다니는 것 같단 말일세
음악의 그림자 길어지고
공기청정기가 조용히 돌아가는 시간
아이가 매뉴얼에 맞춰 장난감 로봇을 만들고 있네
눈 그림자 지는 시간에

꽃, 피, 벽

가짜 꽃 위에 가짜 꽃이 핀다 당신은 잠시 생의 물음을
앓는다

벽이 피를 흘린다 포화 속에 쓰러진 아이 피 맛 현실
시간은 육덕(肉德) 시간의 율독(律讀) 시간이 피를 흘린다

저 벽이 나를 보고 있으므로 쓴다 피를 흘리는 이유를
알 수 없으므로 쓴다 알 수 없으므로 알 수 없는 피에 대
해 쓴다 뾰족한 통증이 뚫고 지나갔으므로

벽을 본다 먼 아픔이 그 아픔이 되다 저 아픔이 되다 이
아픔이 된다

꽃의 리듬에 젖어 시큰거리는 코의 점막 슬픈 리듬이
있어 피는 꽃이라고 쓴다 멀리에서 전쟁의 꽃이 피어나기
시작한다 아이의 눈물은 마지막 선물 보혈의 유언이 벽에
적히고 네 눈을 적시는 피의 잔

유산은 비극이지 당신이 가는 어디든 피의 환영 소름
돋도록 따라다닐 것

섬세한 노동

    욕망의 또아리 추락 절단 끼임 충돌 질병 불안 공포 우울 질식 돈돈돈 당신들 당신들 당신들 나를 내몰지 말라

허공에서 내려올 수 없는 몸을
말려들어 가는 몸을 잘린 손가락을
아직 지상에 도달하지 못한 몸을
전율하는 눈을
차가운 죽음의 온도에 잠시 살갗을 대어 본다

당신에게로 움직이는
노동의 몸이
당신에게로 당도할 수 있을까

노동헌장을 다시 적는다
모든 노동은 섬세하므로 그 여건도 섬세해야 한다
섬세한 보호 속에 노동할 권리가 있다

    젓가락으로 작은 멸치를 집어 입속으로 가져갈 줄 알고 가는 실을 바늘귀에 꿸 줄 아는 몸 먼 곳에 있는 동료에게 공을 차 넘기고 차의 속도와 도로의 차선에 미세하

게 반응하는 몸 작고 뾰족한 가시 조기 가시 장어 가시 고
등어 가시 나무 가시 선인장 가시 일상의 가시 투명한 가
시 그런 얇고 작은 가시에 박혀도 불편하고 아픈 몸 뜨거
운 차를 조심스레 마실 줄 아는 그런 몸 그런 몸을 움직
여 노동 쪽으로

　노동의 꼬리를 잡자 이내 모든 노동 쪽으로 움직여 나
가기 시작한다 노동의 척수를 지나 노동의 내장을 지나 노
동의 통증 쪽으로 하얗게 질린 뼈마디가 추락하고 충돌하
기 시작한다 노동의 혈관을 거쳐 노동의 끝까지 돌아 나
온다 질식할 것 같다 그곳에서 지옥으로 내몰린 공포의 얼
굴들을 마주한다

　아무도 아닌 자
　나를 내몰지 말라
　마지막 밤을 볼 때까지
　스스로 도착하고 떠나도록
　세계의 몸을 위해

손의 춤

호박 속 거미처럼 일만 년을 버텨 본다
너로부터 시작된 침묵이 이 손안에 있다
공기를 가르는 홀씨처럼 나는 너를 관통하지 못한다

장막을 열개(裂開)하는 힘을 품고 무수한 손들이 스쳐 간다
메스처럼 차가운 삶과 죽음이 손을 가르자 찢어진 손가
락과 꿈의 뼈들이 움직인다

흩어진 머리와 장기와 발이 손으로 모인다 손만 남아 춤
을 춘다 눈을 감은 채 손이 회전한다 무작위의 리듬을 탄
다 연주한다 투명해진다

지휘하듯 나뭇잎을 떨구고 길을 꿰뚫어 흩트리고 손이
손이 춤을 춘다 비무장지대를 넘어온 북한군 병사의 피
가 로힝야족의 학살당한 피가 농약 먹은 입에서 흘러나
온 위액과 거품이 흘러가는 시간의 나무에 붉고 노랗게
내려앉는다

햇빛의 춤, 비의 춤, 달의 춤, 좀비의 춤, 사자의 춤, 사
마귀의 춤

묵직하고 유연한 몸, 두 다리가 없어지고 두 팔이 사라지고 온몸이 사라지는 좌망의 춤
 손이 몸을 흔든다 몸이 비명을 지른다 생의 윤회 속도가 빨라진다

 잔잔하고 화려한 꽃들과 어린 고양이와 겨울 그리고 알수 없는 다른 계절들이 나를 지나쳤으니 잊지 말기를 노동과 자연과 쟁기와 동그란 사과를 기계와 먼지와 소음 덩어리를 가라앉던 모든 마음과 들썩이는 애도를 헌 신발같이 떠도는 역사를

∞

누운 자로
혀가 석고처럼 굳는다

내 눈은 창이지 아이가 창을 똑똑 두드린다
"아빠, 뉴스는 왜 기분이 나빠?"
대침묵의 시간
"엄마, 아빠가 말을 안 해"

아무도 없는데 현관의 자동등이 자꾸 켜지고 수도꼭지의
물이 새기 시작한다

수중 마을에서 삼 년을 보내다 온 어린 영혼들이 찾아왔다

정강이에서 자란 풀을 잡아당기자 긴 녹색 지네가 딸려
나온다
흉한 입김 속에서 지네가 파닥거린다
내가 부서진다, 어떤 비유도 없이

너는 열과 꿈과 울음의 전쟁터 악마처럼 뿔이 달린 괴
물과 대전을 벌이는 혼몽의 전쟁터 붉은 뺨 타는 입술 외

마디 음성과 날카로운 유리, 갈라지는 근육들

　몸에 수많은 물의 우주들이 겹쳐 지나간다
　물주머니가 터진다
　파란 눈이 내리는 창가, 파란색을 가진 영혼들의 나라
　물의 인력 물의 지옥에 갇힌 거대한 당김

　해저처럼 한없이 퍼지는 슬픈 수족의 몸
　물의 파동에 맥박을 맞추자, 몸이

　어둠의 밀도를 건너 확연히 나아간다
　어둠을 조금씩 와해시키며 어둠을 깨며 어둠을 밀고 격
렬하게 나아간다

　새가 날아와 공중에 집을 짓고 나는 부순다
　날아오고 쫓아내고 짓고 부수고 부수고 짓는 끝없는 전쟁
　그림자들이 내 몸으로 들어와 눕는다

　문득 온몸이 눈을 뜬다 온 세포에 눈이 돋는다

휘감기는 여러 겹의 물의 사슬 도망가지 않을 거면 쫓
아내지 않을 거면 서약하길! 불면의 지느러미 위에 맹세
의 글을 시, 시, 시 시를 위한 각서를
　　차가운 체온 속에 들어
　　어둠의 흠결을 따라 다른 우주의 물결을 따라
　　하얀 침묵으로 떠돌 대이동의 시간
　　아무도 아닌 자로 흩어지는 아무도 아닌 자로

제2부

광명역에서

공룡의 뼈 안으로 도달한다
허공에서 움직이는 공룡 꼬리처럼
영혼은 기억합니다

문상하러 가는 길
보이지 않는 스핀
사라진 빛으로 빛의 자식이 돌아간 시간

우울이 쌓아 올린 거대 철골 구조물
뭉개진 빛살이 몸을 감싼다
한때 수만의 빛이 나를 무너뜨리던 순간이 있었다

낯선 도시에 내리는 빛들
초록의 빛이 숲에서 태어나고 있었다

표백된 표정으로 광역버스를 기다리는 사람들
집으로 집으로

바람 불던 겨울 초입
눈 감은 두덩 위로 바알간 기운이 여명처럼 떠오를 때

칼끝에 잠시 머물다 가는 빛 조각
태초를 간직한 빛 조각에
발바닥까지 허물어질 때가 있었지

야음이 내린 역
눈이 멀 것 같은데
투명한 이물질이 흘러나오네
사랑의 광기에 발맞추던
달빛이 몸을 뚫고 지나가네

일어나지 말아야 하는 일들은 느닷없이 찾아오고
나를 이루던 구조물도 알 수 없이 무너져 내리는데

눈이 먼 꿈처럼
꿈에라도
차라리 꿈이었으면 하는 마음에
꿈꾸듯 광명역에서

불투명 육체

이것은 거대한 기관
진앙지를 찾는다
탐지기 너머로 미세하게 울리는 이상음

수많은 배관이 얽힌
육체를 향해
해머 드릴이 육중한 타격음을 발산한다

타일을 걷자
검게 젖은 시멘트, 진회색 살결
비밀스러운 벽면과 바닥이
서서히 젖고 있었던 거다

팽창하다 터져 버린 철관의 엘보
숨은 혈관을 돌고 돌던
물의 분노와 욕망과 두려움

누수의 징후는
아래층이 아닌 601호 501호에서 발견되고
어쩌면 더 깊은 곳으로

이음매를 단단히 조이고 공사는 일단락되었으나
신호음은 계속되고 있다

그림자 없는 태양

난파선처럼 집이
떠내려가도 좋은 것이다
어차피
방향 따위는 없었다
새어 나온 기름처럼
아이들의 웃음과 푸념이 떠다닌다

빛을 내는 존재는 그림자가 없는데
망망한 집 겨울비 내린다
밥과 식탁이
기포처럼 터진다
둥둥 사본만이 유일하다

빨래가 통 속에서 돈다
꼬불거리는 라면이
퉁퉁 불어
꼬여 있는 내장을 통과 중이다

나선형처럼
돌고 돌다

마침내 도착한 텅 빈 사원
기도는 조급하고
이곳은 어둡고 차다

나는 지금
유현하지 않은 겨울이므로
역신의 그늘을 걸친 계절이므로
피를 훔쳐
태양 쪽으로 방향을 잡는다

유형지

만 겹의 물결 사이
시간의 목을 긋는
검은 비명들

강은 흐르는 거였지

살인과 폭력이 있었다
광란의 춤을 추는
어지러이 흔들리는 그림자

둔기는 무겁고 칼은 날카롭고
물속 어지러운 형상들

이곳은 마지막 유형지
자궁 속 몽상

묶인 줄 모르고
도주를 꿈꾸는

강은 흐르는 거였지

비루한 물빛

숨조차 쉴 수 없는

저 비명들

굿바이! 고비
— 낙타에게 보내는 서한

붉은 도시에 사는 신경질적인 영혼
신발에서 주머니에서 모래가 쏟아져 나온다

생활은 흐르거나 흩어지기 일쑤인데
낮게 멀리 울리는 낙타의 울음
원이 섞인 그림자 뜨거워진 발바닥
시간이 찢어질 듯하다

터벅터벅 한 시절을 건너는 낙타의 습성
둥글게 솟은 기둥은 최후의 보루다

이 진화는 불공평하다

나에게는 여유도 은유도 없다
견딤의 기관이 부족하다
모든 구멍에서 모래가 흘러나온다

몸속 나침반이 끄는 생
바람과 낙타가 화음을 맞추듯 나의 도심을 가득 채운다

이 여름은 기둥이 없다
걷는 속도를 완만히 늦추자
모래 폭풍이 길과 사람을 지우고 흰 뼈가 죽음의 시간을
견딘다

저기 움직이는 모래산
굿바이! 고비

악몽

낙엽이 새처럼 날리는 날
춤추지 않는 도시

기도가 하늘까지 닿지 못해
나를 찌르는 검은빛

저 악마들은 불사
강렬한 터미네이터
뚫리지 않는 바리케이드

나는 두 번이나 절명
죽음을 두 번이나 낳는 밤

거대한 수레바퀴에서
몸을 던지는 밤

두려움이 불안을 낳고
불안이 절망을 낳는 하룻밤

잠시 꿈을 여기에

부려 놓거나 데려와 놓아두는 때

두 죽음이 있어
빛 속으로 잠시 증발하기도 하는
아득하고도 시큼한 꿈

소음에 가까워지다

라디오 주파수로
몰려드는 외계의 악다구니들
잘못 조작된 버튼에 소음이 터져 나온다
파격이 스며든다

자글자글 끓는 대기의 울음 같은
작은 구멍을 뚫는
날카로운 휘파람 같은

정격의 선율 너머
언제나 진을 친 채
공격 명령이 떨어지기를 기다리던
마귀 부대들

어쩌다 어둠에서 일어나 비몽사몽 듣던
끄지 않은 라디오
공포스러운 무정형
굳은 몸과 열리던 혼돈

대오를 정비할 사이도 없이 침범당하는

난감한 생활 같은 것
욕망의 모래를 집어삼키는 파도 같은 것

문득
이별의 순간
아득히 귓속을 찔러 대던 수만의 바늘들이 그랬고
몽유의 밤들이 그랬지

삶의 안테나를 타고
소음의 광장이 몰려든다

꽉 막힌 가슴이 퍼뜨리는
못다 한 말들의 성소, 버려진 말들의 처소
오늘부터 소음도 미지의 사랑

수없이 이르는 파도 계단처럼
알 수 없는 건반들이
희고 검은 요철을 타고 온다

쭈뼛 솜털로 서서

안테나를 맞추는 날의 오후
살에 박힌 소리들이 나를 찌른다

프랑켄슈타인의 심장

— 눈이 하나인 스피츠 한 마리
시든 꽃 한 송이
녹슨 나사 몇 개를 갈아 끼우고
너는 복원할 수 없는 황혼을 향해 걷는다

빙빙 도는 한 떼의 아이들
쓰러진다
명랑한 소리들이 하늘로 퍼진다
깨진 안경과 더러워진 구제 옷 한 벌

뱀아 부디 목젖을 물어라
불아 부디 튀어 올라 내 안을 태워라
입을 쩍 벌렸던 것인데
갈비뼈에 금이 가고 심장이 아파 기침을 할 수 없는데
기워야 할 게 많은데

덧대고 덧댄 기관들이
헐거운 저녁 속에서 덜렁거린다

— 마지막으로 자란 두꺼운 손발톱

후덥지근한 강을 따라 저녁은 깊어지고
끊어질 듯 이어지는 하루치 만의 시간

강이 수직으로 출렁인다
둥근 돌이 박힌 강둑을 따라 어두워지는 도시
여름 강을 따라 가로수 불빛이 높고
고딕식의 도시 끝으로 기타의 고음이 흘러간다

욕망 기계
—n차 발굴

—

욕망이 말단으로 흘러
해소하지 못한 영상을 낳았다

마지막 소멸을 향해
희열을 과시하는 것들

온 산이 화염으로 가득한데
불이 하나 들어앉는다
배꼽 아래에서 묵직한 게 꿈틀거린다

바지 아래로
마그마 같은 시간이 흘러

낙인처럼
분탕질 치는 계절

—

일몰증후군

 술이 겨우 날 재웠는데 아들내미가 불 끄고 제대로 자라고 나를 깨운다 술이 깬다 이건 뭐지 아직 남아 있는 이 허무의 기운은 다시 술이 생각나는 밤 물난리에 수재민이 생기고 가재도구가 잠기고 복구에 엄두가 나지 않는 밤에 뭘 하고 있는 거지 장미가 꺾이고 폭풍이 지나고 꿈속 개미들이 분주히 길을 내는 시간에 공주문구도 광진세탁도 셔터를 내린 이 시간에 벌레들이 시원하게 몸을 부벼 제 소리를 내는 시간에

 하수구 아래를 급히 흐르는 물소리 택배 차량이 깜박이를 켠 채 아파트 앞에 머무는데 도수 높은 우물이 꼬르륵 내 몸을 돌고 있어요 괴물 같은 골뱅이를 처넣고 컵라면을 처넣고 막걸리와 소주와 포도주를 처넣고 그래도 취하질 않네 잘 수가 없네 갈색돌아파트삼거리 나도 풍경이 되는 시간에 맥거핀처럼 앉아 젖은 피부를 널듯 젖은 페이지를 너는데 축축한 들과 산과 못 믿을 신의 시간에

그리고의 몽상

시로부터 도망 중이다
증오로부터
저 열도로부터 열렬한 열도로부터

아이들이 잠들고
젖었는데 빨래가 더 젖고
아내는 충주 강화 창원 또 하릴없이
어딘가로 떠날 것이고

처서 지나
입 돌아간 모기를 보고야
당신의 호흡을 느낀다

따스함이 밀려오고
따스함이 닿는 밤
전화를 건 아내는 탈모 치료를 해 보자 하고

서늘한 가을이 오고
윤동주의 가을이 오고
파아란 우물 속에 가을이 오고

정말 시를 몰아내는 중이고

삼류 영화 같은 시를 위해
권태로운 밤을 새우지 못하고
드라마 정주행에 밤도 새벽도 지나간다

겨우 생명만 유지한 여름이 지나고
극한 계절에 맞닥트린 벌레를 떠올린다
몸으로 얼음을 만들던 벌레를

폐허의 섬에 닻을 내리는 시간

지구의 일부는 어둠으로 잠들고
바닥은 드러누운 백지가 된다
나에게는 자장가가 필요하지

나의 집은
하찮은 노래로 가득하고
너를 향한 여정은
유리 같은 거미줄처럼 위태롭네

가을 초입의 온도는 슬퍼
사이프러스 숲에는 다시 죽음의 빛들만이 오가는데

수줍은 소년처럼
폐허의 섬에 닻을 내리는 시간

수많은 말과 영상이 겹쳐 지나고
바람도 불지 않는 곳

폐허와 태허 사이
차가운 불명의 섬

더없이 좁은 적멸보궁

비명이 오장육부를 돌아 나가는
너를 향한 무반주 여행

지구는 어둠으로 잠들고
나에게는 자장가가 필요하지

몽상가의 팝업스토어

문은 항상 열려 있습니다 이곳은 무한의 골방이자 공명의 성소, 기다림과 얽힘의 무한궤도 불쑥 하고 열릴 겁니다 언뜻언뜻 떠올라 올 때가 있을 겁니다 무심코 들르세요 당신의 시간 속에 나타났다 사라지고 다시 나타날 순간을 위해 기도하겠습니다 상념의 거리를 걷다 당신은 그저 발길을 돌려 자동문 너머로 스르르 들어오면 됩니다 언어들이 나비처럼 떠다니고 무정형의 층마다 무정형의 공간이 튀어나올 겁니다 당신은 아득한 빛 속으로 증발하기도 하고 다른 차원으로 순간이동을 할 수 있습니다 놀라지는 마세요 어디선가 다시 솟아날 테니까요 진열된 감정 앞에서 시계의 초침이든 바람이든 나뭇가지든 그 가리키는 방향으로 발길을 옮기시면 됩니다 이곳은 곧 당신입니다 당신이 가진 송신기에 어떤 번호를 입력해도 언제든 연결될 겁니다 보이지 않는 곳에서 기다리겠습니다 블랙홀 같은 가게에서

58

제3부

아이와 감자전

흰 새라 발음하자 비상의 흔적 속에 음악 없는 저녁이 찾아온다 목소리가 와서 거품처럼 얹힌다

이게 아빠야~ 젓가락으로 감자전을 찢는다 먹는다 찌른다 나는 손으로 얼굴을 일그러뜨리기도 하고 아프다고 말한다 미운 아빠! 사랑이 담겨 있다고 믿는다 간장에 담근다 어구르르 검은 물에 빠진 시늉을 한다 호흡이 부족해 팔을 허우적거리다 깊은 물 위를 쳐다본다

아이는 나를 우주 밖으로 뻥 차 버리기도 하고 토막을 내기도 하고 아구작 아구작 씹어 먹기도 한다 아무렇지도 않게

비로소 나는 자유로워진다

아이가 얼떨결에 뺨을 때렸다고 문제 될 건 없다 슬퍼할 건 없다

가을 미용실, 라벨르

—

　그대로 계세요 힘을 빼요 힘을 빛나는 가위가 삭삭 사각사각 새로운 머리가 필요해요 얌전한 강아지처럼 앉아 있을게요

　황금의 손으로 말해요 눈 감으면 빛의 음영이 일렁이고 음악이 아련한 이곳이 좋아요

　평원의 높은 억새나 설악의 초절정 단풍처럼 지금까지 해 보지 않은 색으로 염색을 금방 마신 은은한 커피색도 좋아요

　폴킴의 안녕이란 노래가 흐르네요 짙은 눈썹도 부탁해요 계곡을 가르는 날렵한 바람처럼 생기 없는 얼굴은 싫으니까요

—

물푸레 식탁

물잔이 엎어지자 물이
땅을 넓히며 미지의 지도를 그린다

넓어지던 구멍이
들어오라고
한번 들어와 보라고
나를 이끈다

유리 지도 속 피사체들,

구름을 오래 멀리 들여다본다
어떤 구름은 구름을 뱉고 곧 사라지는 구름도 있다

물이 삼킨 구름, 구름을 삼킨 식탁

천형처럼 옥수수들이 잿빛으로 서서 떠올라 온다

물푸레나무 아래로
폭포처럼
물이

쏟아지더니
천천히
잦아든다

밥을
책을
노트북을
채우고 비우는 물푸레

물의 난간에 뒹구는
모자를 눌러쓰자
생각들이 뒤집힌 채 몰려든다

누구인가 저자는 누구인가 깨지기 쉬운 자 흘러가는 저
자는 누구인가

공간을 빌려 이동하는 생활들
물푸레의 욕망이 살아나
지도 위에서 꿈틀댄다
침묵의 꽃이 핀다

발이 젖는다

최초의 살과 최후의 살이 만나
새로운 감성의 살이 돋는다
미래의 몸을 기다린다

내가 없는 실내에 있다

거울의 제단

―

모든 구멍이 차단당한다
이제는 마주해야 하는 것

생활의 마음이
흰 봉투 속에 담겨 전달되는 곳
고개와 허리를 구부리는 사람들

제단의 높이로 자화상이
솟았다가 가라앉는다

넋을 놓고 바라봐야만 하는
잴 수 없는 비약, 휘발되는 말들

겨우 몇 개의 기율을 안고 살아야 하는
여기 지금이
다시 들여다보아야 할
새로운 장소이자 시간이어야 한다는 듯
저곳은 지켜본다

―

연기의 기둥은 사라짐으로써만

자기를 증명하는데

마지막 과일이 흰 밥과 국이 줄줄이 놓이고
입으로 먹는 것이 음식이고 술인데 온통 솜을 채운 데
스마스크

하얀 숯덩이처럼 조각나더니
모래 가루처럼 흩어져
비가 되어 흐른다
숨 가쁜 변환의 속도

사타구니에서
배로
심장으로
전달되는 온기
어쩌면 우리는 잠시 지나쳤던 생

누군가 제단을 삼켰다

수명 다한 전구를 갈고

변기의 묵은 때를 벗겨 냈습니다 바람이 나무를 꺾는 날에도 수천수만의 발병의 날에도 아이들은 세차게 논다 비가 들이치지 않는 바람의 길목에서 줄로 원을 그리며 놀이를 한다 줄에 걸리지 않으려 최선을 다해 뛴다

서울 경기 지역에 호우주의보가 내려진 상태입니다 집중호우 소식과 코로나 소식을 먼저 전해 드립니다 나는 무서워하는 인간 우리는 힘이 세져야 하고

엄마의 귀에 이명이 오고
게임을 중지시킨다며 아들은 신경질이 늘고
아이돌 굿즈를 사 주지 않는다며 딸은 한숨을 내쉬고
교정한 이가 아파서 그럴 거야 위안해 보지만
슬금슬금 기어 나오는 불만의 소리들

폭주 기관차처럼 멈출 수 없는 너의 생에 물어보아라 무슨 일이 일어나고 있는가를

비 지난 바람이 상쾌하고
여름의 끝에 흔들리는 빛들 나무들 초록들

앞이 보이지 않는 날들에 대해
대지를 가르며 오는 그림자에 대해
원하지 않아도 멈춰야 할 순간에 대해
내일의 안식에 다다르기 전에

박새 울음소리가 굴참나무 숲을 데리고 온다

불편한 동거가 시작되었다
수용소에 갇혀
둘레가 하루를 앓는다

욕정의 젖은 떨림이
벌거벗은 더듬이를 지나
거리로 더 깊이 가라앉는다

열려진 문들
수상한 이웃들
들어오라는 듯 들어서지 않을 수 없는
그 문 궁금한 문 그 안의 비밀

기도하는 남자의 중얼거림은 알기 어렵고
기타의 중저음은 삐걱인다
불협화음으로 가득한 사방
미칠 지경으로 울리는 신음 소리

급기야 관리사무소의 남자가
딩동 영혼을 건드리기도 하는

도대체
밤새 소리들이 벽을 넘는다

몸속으로 침전하는 방들
와선하듯 누워 허공을 기웃대는 밤들
기괴한 꿈속, 소음이 똬리를 튼 채 엉클어져 있다

이 소음은 무엇인가
어둠으로 눈을 가린 돈키호테가 되어 소리를 뒤쫓는다
그림자의 뇌가 움직이기 시작한다
그림자의 생각이 질펀히 흐른다

격렬하던 그들
잠들었을까
다만 거기 조용히 있다
아이의 울음소리
병자의 이불깃과 눈썹의 떨림
아름다운 고요가 몸속으로 전진한다
쥐 죽은 고요를 알겠다

낯선 물질로 흐르는 꿈이 흐물거리고
그림자는 겨우 몽롱 쪽에 걸터앉아
결국 쓴다 부드럽게 번지다 혀뿌리 쪽으로 옮아오는
아리고 쓴 커피처럼
전해져 오는 흔적들을 기관들을 망욕들을
어쩐지 오늘의 그림자는 해부되어야 한다

벽의 균열 사이에서
혼몽한 소리가 발견되기도 하고
뒤척이던 조각은 뒤집혀 울고 있다
거울 속 직육면체의 방으로
상하좌우 소음이 쏟아지다 쌓인다

최면을 걸듯
맑은 물잔을 손톱으로 두드려 보면
흔들리는 물의 파동
마치 공간의 둘레가 무한 확장되고
리듬이 바뀌는 듯하다

술의 수면에 엷게 번지는

구름 같은 물질이
온몸으로 퍼지는 새벽들 밤들

독선과 선언으로 물들기 시작한 날들로부터
갇힌 자,
망각의 과오를 잊지 말 것

슬픈 촉각이 문득
사방 벽을 무너트리고
가장 민감한 자유를 데려온다

이곳은 중심도 아니고 주변도 아닌
다만 생성과 열림의 성소
잃어버린 광장이, 소란의 광장이 녹아들어
작은 광장에 환하게 터지고 있다

멀리로부터
박새 울음소리가 굴참나무 숲을 데리고 온다

덫

시간은
여자의 무릎에 인공 관절을 삽입하고
손을 떨게 하고
남자의 항문을 자주 들여다보고
코로 음식을 받아먹지

불투명한 남자의 눈두덩을 파내는 여자
미로를 걸어가는 여자
앞뒤가 막힌 여자

침대 위에 사지를 묶인 큰대자
마지막 감옥이기를
알 수 없는 검지가 허공을 가리키는데

푸른 심장
그림자 호흡

기운 남자를 떠멘 여자의 무지개
생생하게
사라지지 않을

검은 흔적

격리병동을 지나 몽롱한 마스크를 지나
줄줄이 달린 줄들을 지나
한생의 마무리는 늘 안절부절이지

무릇, 객담이 튀어나오고
짙은 안개가 폐에 쌓이는 밤들

남자의 꿈에 주파수를 맞추자
꿈이 벌레처럼 기어 나오고
다시 두 사람
입술에 아직 입술의 흔적이 남아 있는지
덩굴들이 엉키자
오래된 둘레들이 떠오르다
어두워진다

목줄에 대한 명상 1

—

모든 게 안개에 잠겼다

자유는 어디까지 왔나,
까마귀가
깊은 안개를 뚫고 온다

가까이에서 움직이는 시신경들
안개바다 위로
하얀 벌레들이 꼬물거린다 꽤나 활발하게
열매들이 떨어진다

자동차며 나무며 새며
모호함에 잠겨
여느 날처럼 이끌린다
인형사들이 움직이나 보다
안개 속으로 들어야 할 시간

반듯한 도로 지나
건물 지나 책상에 끌리듯 앉아
—
반듯한 글자들을 컴퓨터 속으로 밀어 넣는 사람

76

하얀 막들이 떠다니는 속에서
누군가 잎들이 써 놓은 형상들을 쓸어 담는다

실체 없는 끈에 이끌리는 날
나도 짙게 잠긴다

목줄에 대한 명상 2

긴급조치도 아니고 경과조치에
오랜만에 우스운 고민을 했지

부칙과 규정에 매인 몸
두 평 정도의 자리와 약간의 돈을 위해

보이지 않는 선들로 이어진 고정점들
무거운 책상과 바르게 살자는 표어와
집안의 상냥한 명령들
TV 주사선에 붙들려 꼼짝 못 하던
시간들 그리고 산의 덫에 빠진 아버지

평온한 생이고 싶은가
그물에 걸린 생

바깥과 내가 만든 줄
말뚝에 매인 개처럼
낑낑거리며 꼭두각시 노릇 하듯

집에서 길에서

투명한 선들에 끌려
이동하고 웃고 잠드는 날들

눈 닫고 귀 닫고 몸 닫고
그렇게 손과 입을 놀린다

인생 요리법

대충 찢은 종이에 삐뚤빼뚤한 것들 얼핏 글자들이 비춰 나온다 하나의 모음과 자음에 많은 망설임이 있다 꺾이다 돌아가길 반복하는 한글 같기도 한자 같기도 한 얼마 되지 않는 글자들에 획수가 너무 많다

어머니가 남기고 간 상형문자들 인생 막바지에 얻은 초서를 따라 읽는다 가기가 벅차다 떨리는 호흡이 거친 손을 따라가다 힘에 겹다 그래도 따라가기로 한다

이 요리는 과연 무엇인가 이 재료는 과연 누구를 위해 쓰였는가 마늘 1(뒤의 글자는 읽어 내지 못했다) 양파 (읽어 내지 못했다) 고추씨 5T 사과 1개 소주(역시 알 수 없다) 물 10컵(너무 많다 잘못 읽었음에 틀림없다) 날카롭게 솟았다 내리긋는 협곡들 흐르기보다 내리치는 시간 같다 분노 같다

알 수 없는 여진이 계속되고 계측기 바늘처럼 요동치는 글자들 봉우리를 타고 넘는다 몸 이곳저곳에서 울리는 단말마적 지진들이 구겨진 종이에 남아 있다

이중 사슬

당신, 사슬처럼 묶인 몸을 움직여요
며칠씩 열이 오르고 먹는 것도 곤욕이라던
그 집에서 벗어나
멀리에서 춤을

간헐적으로 들리는 괴로운 목소리
여기 부드러운 힘이
손끝으로 발끝으로 배꼽 밑으로 몰려들고 있으니
힘차게 돌아가는 사지로 빙글

아름다운 근육들이 보이지 않게 움직이고 있잖아요
아프지 않게 죽는 사람이 부럽다며
당신은 전화를 끊었지만

라일락 향 가득
밤의 대기로 흘러들고 있으니
향에 취해
얽힌 양자(量子)들처럼 둘이면서 하나인
유난히 아픈 밤을 지나 무서운 밤을 지나

시간에 묶인 야속한 몸을 돌려
혈류를 빠르게
혈관들이 다시 생기를 얻게
생명의 춤을 치유의 몸짓을

언 발 찬 밥

시뻘건 나무들이 불타오른다
검고 낯선 자들이 달려든다

손이 떨려
물이 쏟아지거나 말거나 약을 털어 넣고

언 발 찬 밥
그 겨울의 초상

나의 빚은
애써 외면할 수 있어도
벗어날 수는 없는 사랑

그림자가 겹치다

손잡이를 돌리는 순간
그가 동시에 손잡이를 돌린다

나는 안을 향해
그는 바깥을 향해
문을 연다

문을 닫는 순간
한 세계가 잠시 열렸다 닫힌다

그와 나는 무관하게 통과한다
클림트의 치장된 「연인」을 지나

이월의 막바지
바람이 운다
16층의 바람이 어긋난 뼈처럼 운다

사각의 어둠에서 들개처럼 숨어 있던
알 수 없이 달궈진 시간들

바람의 정동, 정동의 집
오늘 하루의 태양이 얼어붙은 시간을 거느리고 뜬다

잠든 들개의 터럭 사이로
냉혹한 꽃무늬 사이로
후투티의 발가락 사이로

바람이 주인인 나라
바람의 나라

빛을 밀고 나가는 고요한 이동
이런 날에는 사물에도 감정이 깃든다

제4부

오슬로의 밤

강렬한 색으로 집과 얼굴과 머리가 풀어지는 곳

흐르고 싶어도 흐르지 못하는
핏빛 피오르
난 모르지
모르므로
난 오슬로의 밤

오늘의 황혼은
이름 없는 늑대의 광기를 닮았지
달빛을 받아 회오리치던 눈
야성의 털을 세우고
바람을 거슬러 가던 걸음의 리듬을 기억하지

파란 자작나무 숲으로 사라지던
늑대의 눈을 바라보며
영혼의 구멍들이 열리기를 기원했네

사랑스러운 취기에 잠시
허기와 통증은 감춰졌지만

근육의 리듬은 노곤히 단조롭게 풀어져 있었네

늑대의 움직임은
느린 듯 긴장을 잃지 않고
길을 거슬러 고독하게
쉽게 망각하지도 말고
단단한 걸음으로 나아가라고
말하는 것처럼 보였지

그렇게 멀리 이름도 없이 사라져 가던
오슬로의 밤

녹슨 고독과 위로와 불면의 밤을 지나

미지의 살갗

불이 나가자 내가 켜졌다
어둠이 얇은 피부를 벗기더니
나를 감싼다

이어 꾸는 꿈처럼
불길한 날들이 계속되었다

자주 찾아오는 복통을 세워 놓는다
이놈은
볼링핀이 되기도 하고
볼링공이 되기도 하고
스스로 볼링 놀이를 한다
구르는 놈 진창에 빠진 놈 넘어지는 놈 장승처럼 서 있는
놈

침묵의 거울에 돌을 던진다
알 수 없는 표정으로 찾아오는
요란한 착란, 속이 시끄럽다

미지의 살갗에 살갗을 대어 본다

얼굴 사이로
또 하나의 얼굴이 나오고 있었다
삼나무 숲과 삼나무 숲을 무너뜨리며
투박한 입술이 타원형으로 벌어져 터져 나오고 있었다

긴 외출

한 시절이 처형되고
창밖이 꿈을 꿀 무렵

저기, 폐허 직전의 허공에서 타전이 온다

죽어 있거나 반쯤 죽은 낱말과
개념과 사랑의 무덤
조금씩 무너지고 있을 터였다

나는 멀리 KTX를 타고
책들은
쌓인 먼지를 털고
1톤 트럭에 실려
십수 년 만에 외출을 한다

낯선 도시를 지나
와글와글 살아나는 기호들
초록의 숲과 바람
신이 났는지 흥에 겨워 수다 삼매경에 빠져드는
시인 철학자 예술가 정신분석가 허구의 인물 그리고 신

들
　덜컹, 엉덩이가 허공으로 들썩이기도 하는

　작은 광장,
　움직이는 작은 광장에서
　소월 수영 고흐 명준 프로이트 니체 예수 부처 누혜 프루
스트가
　무거운 침묵을 벗고
　약한 고리 강한 고리를 이루며
　낯선 대화를 나누고 있을 터이다

　먼 곳에서 무전이 다다르고 있다
　하나의 우주가 깨어지고
　찻잔이 부서지고

　다시 조합되는 숲 가운데서
　길을 잃는다

갱년(更年)

비가 바람에 기울고
떨어지는 빗방울에 세포들이 끌리는 오늘

0.1초 후의 생체 리듬과 움직임을 따라가면
훅 달아오른 생의 복판에 이를 수 있을까
생의 극지에 도달할 수 있을까

시도 때도 없이 올라오는 질시 혹은 분노
이 정도는 시작에 불과하지
지루한 바람의 웃음

사랑은 이미 반환점을 돌았고
나머지 반을 향해 내딛고 있지
우산이 비를 당기는 하방경직성의 시간들

비 오는 번잡한 거리를 지나
한없이 늘어진 살결과
마음의 둔중한 기울기를 발견하는 오후

편협과 편향과 편편과 편집

그 어디쯤에 머물러 있는 내가 보이고

갱을
신앙의 원리로 삼는
현대의 생리가
잠시 번뜩이는 오후

갱초
갱일
갱년
차가운 기운이 척수를 돌다
온몸으로 터진다
엿이나 먹으라지

젖은 발이 담과 고양이를 지나자
피어나는 한낮의 구름들
서둘러 흐르는 비의 기울기
외로운 날을 향해 방사하는
저 빛의 구름들

묵색의 경계 속으로
대숲 구멍 속으로
나의 귀양은 오래고

시계불알처럼 오가는 성실과 판을 이탈한 실성 사이에서

휘발되는 말들은 휘발되게 놓아두고
보듬을 말들은 보듬어 두다
그 성채조차 파괴시켜야 하리

질긴 거죽을 훌훌 벗고
배롱나무 근육으로 서서
한 번도 취해 본 적 없는 자세로

갱, 갱, 갱, 갱신을 위해
반복이 아니라
갱신을 위해
사랑의 정점으로
다시 거슬러 오를 것

꼬리뼈가 몸통을 흔들듯이
복중에 든
카멜레온의 움직임으로
사탕을
처음 맛본
아이의 표정으로

책의 화형식

쌓여 있는 책들에 날카로운 가시들이 돋아난다 책들의 회랑은 파괴되었고 가시는 거꾸로 자란다 가시는 밖으로 자라고 안으로 자란다 가시가 외피를 넘어 내 피로 찔러 들어온다 책의 살갗에 살갗을 대어 본다 궤도 없는 행성이 되리 거울을 삼킨 책의 숲으로 비가 내리고 예봉은 꺾이고 책은 분골되지 영생은 글렀고 뼈를 안고 우는 거대한 기계처럼 나는 책의 뼈를 안는다

나는 반품되었다
부끄러움을 들여놓았군
여기 들어선 자, 희망을 버려라

그을음과 탄소와 먼지가 되어
먼 세상으로 날아가길
남김없이 불태운다

연소되지 못한 기억과 거짓과 허위의 눈물
뭉친 시의 근육
고단한 하루하루를 지날 것이다

피처럼 붉은 여름
방부 처리된 문자들
버림의 표식

칠흑의 내장

호기심을 버리고 생각을 없애고 살면 안 되나
이런 시조차 없으면 안 되나
그저 존재하면 안 되나
향제비나비 쥐방울덩굴 원시의 숲처럼

야한 여인과 자본의 얼굴이
변신을 준비하고 있을 시간
또 어디에서는 폐지 줍는 노인과 밥을 굶거나 매를 맞는
경제동물이 있고

수치의 춤을
죽음의 무도를

변신의 생리를 안고
나약해진 나에게 불을 던진다
불안의 염색체가 거세된다
멀리 불타는 나를 본다
철망에 대고 담배 연기를 뿜는다

끊어진 필라멘트, 파부침주의 날들
슬픈 운명의 눈
한 시대를 바라보던 우스꽝스러운 눈이 녹아내린다

누구도 알지 못할 새의 죽음
저 너머를 향해 있는
투명한 유리창

길 속에서 잠자고 일어나 달리다 죽은 말
말의 뼈와 근육이 녹아내린다
말의 무덤
책의 무덤

죽었다 살아난 사람이 다시 형장에 선 기분에 싸여
잿빛 나뭇잎이 고양이처럼 뛰어간다

코드 블루

절구가 뒤집혀 입을 막는다
검은 시의 습속을 지나
유전자가 숨차게 움직이는 밤
오늘도 악몽을 사육한다

멀리 난민이 떠난 날
바다 가운데서
들리지 않는 소리로
찢어진 깃발을 흔드는데

누군가 말했지
다른 이의 꿈을 훔쳐 에너지를 만드는 시대가
바로 이 시대 아닌가

점령군처럼 진을 치는 군인들
바닷가의 바리케이드

깊은 밤의 몽유자로
모던복싱클럽과 미래동물병원 사이를 지나간다
시각을 알려 주는 디지털시계탑 23:16:24:05

원자적 시간이 급격히 돌아가고 있다

옥의 원석을 깨뜨려도
소의 뿔을 도려내도
해독할 수 없는 무늬들

푸른 몸이 태어나고 있다
오늘의 말들이 거꾸로 박힌 채 겨우 새어 나온다

이 시대가 망루를 낳았지
저들은 하늘을 배경으로 푸른 멍이네
기는 짐승도
나는 새도 되지 못한
망루 위의 사람들
흩어지는 목소리로 외치고 있네

파열의 흔적으로 가득한데
당분간 거품의 삶이 지속될 것이다
쓴 약의 분말을 녹이며

저 바다로부터 망루로부터
불가사의의 말들이 속도를 내고 있다
입을 막고 입으로 말하며
귀를 막고 귀로 듣는 날
음역대를 벗어난 소리들

전쟁의 여신이 채찍과 칼을 휘두르며
몸을 휘감고 심장을 찌르는 순간에
급격한 호흡 정지
잠시 나만의 코드 블루

기적에 대한 몽상

숲속으로 걸어가는 당신,
기적이 기적을
낳는 걸 본 적 있나요

중력을 거스르는 날들
우연이 빚은 초록의 조각들

빛이 빛을
낳는 걸 본 적 있나요

죽음이 죽음을
낳는 걸 본 적 있나요

순수한 놀람에 아기 적이 되고
가까운 데를 보다 이기적이 되고
의심하고 방황하다 어기적거리고

빛에서 죽음이
태어나는 것을 본 적 있나요

죽음에서 빛이
태어나는 것을 본 적 있나요

아기가 꽃처럼 말을 뱉는데
먹고 마시고 웃는데
아기의 심장은 어딜 향해 오르고 있나요

빵이라는 말

말이라는 빵을
고소하고 맛있게 구워야 해
그런 말을 구해야 해

빵 속에 자유라는 작은 앙금을 넣고
숨 쉬는 뇌에 사기 조각 같은 날카로운 묘리를 넣고
연어들이 흘러 다니는 강을 반죽 삼아
안개 낀 새벽
길모퉁이를 밝혀야 해 그런 말을 구해야 해

복잡하게 얽힌 맛을 배워야 해
죽은 연어들이 아니라 산 연어들을
풀어놓아야 해 물살에 강이 간질거리게

대지 내음이 섞인 빵
영원히 정지하는 말 절정에서 떨어지는 말
전쟁 중인 말 비린내 가득한 말
죄도 악도 품는 말
빨간 열대어의 눈에 비친 말

인공감미료에 마비된 혀를 위해
헛소리를 위해
쓰이지 않을 시를 위해

녹다 사라지다 드디어는
고개를 갸우뚱거리는
그런 맛을 남기기 위해
분주한 가루들의 치열함을 알기 위해

빵을 향해 모여드는 보이지 않는 손 손 손
움켜쥔 주먹 속의 말처럼
이 반투명한 신앙의 날에

미래의 집

어젯밤 꿈, 집을 청소했다
이미 멀리 떠나온 집을

두 팔을 한껏 뻗어 원을 그려 본다
그래 봐야 안을 수 있는 세계는 이만큼이다
안쓰러운 원기둥

먼지 가득한 청대문에 물을 끼얹고 시든 풀과 나무에 물
을 주었다 바깥에 나온 상을 닦아 안에 들여놓고

하루 종일 몸이 스프링처럼
둥둥 울린다 서류를 들고
주민센터에서 구청으로
세무서로 등기소로
일말의 유산을 상속받기 위하여
몸이 스프링처럼 진동하며 돌아다닌다
둥둥둥둥 둥둥둥둥

담을 넘은 도둑에게 줄에 묶인 이상한 개 한 마리를 양
도하고 개를 훔쳐 달아나게 모른 척 놔두고 또 언제 들어

왔는지 모르는 개 한 마리를 대문 밖으로 내놓았다

　　길 한가운데 멈춰 서서
　　두 눈을 감자
　　붉은빛의 터널,
　　그 끝에 작은 태양이 걸린다
　　문을 연다

　　심장에서
　　울리는 소리
　　무언가 다가오고 있다
　　둥둥둥둥 둥둥둥둥 둥둥둥둥

구름 속 강의실

한쪽 눈이 멀자
한쪽 눈이 트이고 밝아졌다

너무 많은 구름을 거치며
백으로 천으로 흩어지며
우리는 풍부해졌지

가끔은 무언의 흩어짐
먼 매혹들을 몰래 감당해 볼까
잃어버린 사랑을 찾듯 그렇게
문득 너를 따라
다른 생을 반복하고
한 번쯤은 무언의 모닥불
불을 쬐며 따뜻해져 볼까

화면 속에서 미끄러지는 불안들 기억들 미래들
시큼한 냄새와 힙합과 언어 지옥을 거쳐
가끔은 외로운 하늘과 자전거
초록의 깊은 집, 오르골 속으로 걸어 들어가는 청춘들

옷 속에 가려진 우울의 근육이 튀어나오는 순간이 있고
책상 대신 버스 뒷좌석에 앉아
낯선 낮과 밤의 거리를 지나기도 하지
한 남학생이 울음을 고백하는 곳

몰래 탈주를 음모하던 아지트는
곧 사라지겠지만
그래도 타인의 생을 향해
한 번쯤 날아오를 때가 오겠지

화면 속 숱한 여행지와
잊을 수 없는 감정들의 바다
지독한 쓸쓸함과 호기심의 판도라

아무래도 놓치고 싶은 생
여학생이 욕을 뱉는다
씨발,
두런거리는 소리들
튀어나오는 공감의 표정들 얼굴들

구름 속 강의실은
간헐적 외로움이다가
불안한 일인칭이다가
다인칭이다가 퍼지는 다인칭이다가

무수한 골목으로 샛길로
자기를 떠나간다, 자기를 떠나
타인의 가면만큼
우리는 많아지지 우리보다도 더

고요에 탁 걸려 버린 구름
강의실 밖 먹빛이
내 눈을 우리 눈을 읽고 가는 시간
창밖으로 내리는 빗물처럼
우리는 잠시 무언의 우리

고양이 게임

아들과 게임을 하니 이제 내가 구박을 받는다 머릿속이
하얘져서 고양이가 된 기분인데 어떻게 하는 거야 물으면
외계어가 돌아온다 다시 물으니 그것도 모른다며 답답하
다며 호통 아닌 호통까지 친다 화도 내지 못하고 가만히
수긍하다 돌아서면 배시시 웃음이 난다 고양이 전사들이
치열하게 전쟁 중이다

술래잡기

다가오는 발자국 소리
숨도 못 쉬는 순간들이 있다
제발 들키지 말기를
제발 들키기를
나를 찾지 말아 줘, 나를 찾아 줘

술래잡기에는 뭔가 심오한 게 있다
오래도록 숨기
누군가를 찾기
힘들면 들키기

기린 심장

영원히 늘어진 목
이 늘어진 시간들을 잡아당겨야 해
어떤 범람도 없는 이 시간에

내장을 드러내지 않는 피로한 지면들
열의가 바닥난 희뿌연 대지

기린 심장을 달고 팽팽해야지
말초신경까지 혈관을 부풀리며
온몸이 뜨거워져
파열되는 날이 오더라도
겅중겅중

설령 멈출 수 없는 걸음들
땅은 알지 움직이고 있다는 걸
바람의 속도를 쫓지 못하는 비애까지

지상 이곳저곳
높은 가지가 초록을 밀어내는 것처럼
나뭇잎 같은 불안한 시선들이 조용히 움직이는데

점박이 무늬 짙어지고 털을 세우고
긴 다리에 힘을 주어
귀를 흔들
아지랑이가 속도를 내는 곳으로

사이

너는 평생 어디에 있었니 사이에 있었어요 바람과 바람 사이 집과 집 사이 주머니와 주머니 사이 물과 물 사이 전쟁과 딸기 사이

피처럼 붉은 여름, 적과 같이 안개 속에 든다 사이의 광장에서 희대의 희비극으로 철학을 해야지 밀실에서 세계를 조감하는 신통함을 배워야지 검은 서류들에서 치명적인 혜안(慧眼)을 구해야지 깜박임의 기술을 구멍 속으로 모든 걸 밀어 넣고 집어삼키는 기술을

물음표와 느낌표 사이 가랑잎과 눈 사이 비몽과 사몽 사이 미사일과 벚꽃 사이 붉은 거미와 법 사이 민주주의와 화냥년 사이

검은 광장에서 쥐어짜는 맹장의 아픔을 앓아야지 스스로 광장을 앓게 해야지 맷돌 사이에서 돌아가는 피와 살과 뼈의 통증을, 지하철 통풍구보다는 하수구에 선 먼로처럼 서늘한 바람을 느껴야지 웃음이 나지만 그럴싸한 그 싸구려 철학을 그 맛없는 철학을

이후의 이후의 긴 긴 기나긴 싸움의 서막을 위하여 언제나 서막을 위하여

오늘과 삿대질 사이 지구와 점막 사이 엄마와 당나귀 사이 지렁이와 핵 사이 틈도 없는 그 우연의 사이

뜨거운 단팥처럼
빵과 빵 사이

파국 이후의 파국, 몽상 이후의 몽상

양순모(문학평론가)

1.

　성경 속 선지자 혹은 예언자라고 하는 이들은, 그 가운데에서도 참된 자들이라 하는 이들은 여지없이 '파국'을 이야기한다. 미래가 꼭 그럴 리는 없을 것 같은데, 그런 미래라한다면 정말 좀 곤란할 것 같은데, 그럼에도 이들은 기어코 우리의 희망을 꺾으며 단호한 태도로 도래할 파국을 이야기한다. 당시의 지혜로운 이들은 저 끔찍한 예언 가운데 빛나는 한 줄기 '구원'과 더불어 파국을 받아들였다지만, 그러나 파국이라니. 오늘날의 지혜는 과연 저 파국을 어떻게 받아들일 수 있을 것인가. 왜 하필 우리가 그간의 죗값을 치러야 하며, 사이비일지도 모를 이들의 말을 어떻게 믿을 수 있단 말인가. 하물며 구원이라니. 그런 추상을, 기적을 우리는 어떻게 믿을 수 있단 말인가.

그는 오늘 아침 후투티로 현현했으며 산딸나무 하얀 꽃
잎으로 피어났다

한동안 오지 않던 그가 점령군처럼 왔다
은밀한 햇빛 속에서 산란하던 먼지들처럼

무자비한 그는 자신을 드러내지 않은 채 얼마든지 공간
을 점유한다
왜 그런 자가 존재를 들켜 오래도록 어린 아기의 울음과
기이한 웃음과 모방의 언어를 흘리는 걸까

그윽한 도둑처럼 사라지거나
한 움큼의 물로 두 손을 빠져나가는

생활을 조금이라도 지우지 않는다면 결국 끔찍한 일이
일어날 거야

바람이 휘저은 구름 호수에 젖은 저물녘
거꾸로 오르는 엘리베이터 물에 빠진 아파트 물의 벌어
진 목구멍 속으로 들어가던 그가 쏟아진 아가미로 낙낙한
숨을 쉬고 물로 된 밥과 물로 된 반찬 물로 된 칼날의 통증

눈에서 나온 물이 호수와 뒤섞이고 그리하여 그는 둥근
물의 평원과 알지 못할 물의 나라 물의 대지로 나를 인도했

으며

   물의 평등 물의 침범 물의 언어 물의 사랑 물의 행적을
보여 주었다

   드디어는 물의 광란 물의 해일에 이끌리는 시간

   피가 물처럼 설레고

   그의 얼굴은 물살로 기억되기도 한다

   달빛, 두려움의 냄새가 풍기어 왔다

—「점령군처럼」 부분

   여기 한 걸출한 예언자가 있다. "오늘 아침 후투티"와
"산딸나무 하얀 꽃잎"과 같은 산뜻한 일상에서 여지없이 파
국을 발견하는 시인은 "점령군처럼" 도래할 "물의 평등 물
의 침범 물의 언어 물의 사랑 물의 행적"을 예언한다. "거
꾸로 오르는 엘리베이터 물에 빠진 아파트 물의 벌어진 목
구멍 속으로 들어가던" 그 파국이 낳은 "물의 광란 물의 해
일". 이를 훔쳐본 시인의 "피[는] 물처럼 설레"며 그가 들은
말을 우리에게 고스란히 전달한다. "생활을 조금이라도 지
우지 않는다면 결국 끔찍한 일이 일어날 거야".

   "몰락을 향해 가는 과정과 방법을 기꺼이 자초"한 시인
(조강석), "혹독한 자기부정"을 거쳐 "사라지는 매개자"의 사
랑을 감행한 시인(김수이), 그렇게 스스로를 몰락시키고 사
라지게 했던 시인은 어느덧 '팝업스토어'의 주인으로 독자
앞에 서 있다. 그런데 팝업스토어의 주인으로라니. 그것
도 몽상가의 팝업스토어라니. 필시 시인은 여지없이 심판

과 파국을 홍보하고 판매하고자 할 텐데, 아무리 팝업스토어라지만 어떤 새로운 파국을 홍보하고 판매한다는 것인지 좀처럼 믿기지가 않는다. 오늘날 도대체 왜 파국이 필요하며, 오늘날 도대체 어떻게 파국을 독자들에게 전달할 수 있단 말인가.

인용한 시의 마지막에서 시인은 "두 손에 탈장된 언어를 그러쥔 채 죽은 언어들이 빠져나가는 것을 지켜보아야 했다"고 말한다. 시인은 이미 파국의 예언 같은 것은 오늘날 불가능하다는 사실을 충분히 인지하고 있는 것으로 보이는데, 죽은 언어들이 빠져나가는 것을 그저 지켜보는 시선은 예언을 통해 파국을 대비하기엔 너무 늦었다는 사실을 포함해 예언이란 당최 오늘날 독자들에게 전달되지 않을 것이란 사실 모두를 암시하기 때문이다. 그럼에도 파국이라니. 혹시 시인의 파국은 그동안 우리가 알던 파국과는 다른 종류의 파국인 것은 아닐까. 그렇다 하더라도 파국이라니, 그것이 가당키나 한 일인가. 그러나, 그럼에도 시인이 여전히 파국의 예언을 고집한다면, 여기에는 조금 복잡한 속내를 비롯해 시인의 탁월한 판단이 담겨 있는 것으로 가정해볼 필요가 있을 것이다. 그리고 이를 파악하기 위해서는 조금 긴 배경 설명이 요청되는바, 이는 시인이 서 있는 '지금 여기'가 아무래도 조금 복잡한 까닭이다.

2.

파국과 예언을 좀처럼 받아들이지 못하는 인간의 지혜

는 어느덧 '근대'라는 새로운 태도의 발명과 더불어 파국이라는 문제에 새로이 접근한다. 무대에서 신을 밀어내고 '주인공'의 자리를 차지한 근대인은 신에 의해 촉발되는 파국역시 인간의 것으로 변형하고 수정하는데, 이로써 '파국'은 '위기'로, '구원'은 '기회'로 수정되며 그 가운데 우리는 부단히, 부지런히 움직이지 않을 수 없게 된다. "위기의 항구화"라 말할 수 있을 이 부단함과 부지런함은 그야말로 "근대인들의 의지"로부터 비롯한 근대적 "기획"으로, 근대인은 '위기'와 더불어 "인간들이 세상의 문제를 스스로 떠맡"고 문제의 해결과 더불어 "존재와 가치를 확인"하며 최종적으로 '위기'를 '기회'로 전환한다.[1]

흥미로운 사실은 파국의 위기로의 전환 속에서 근대인의 지혜는 예언자의 자리 또한 여전히 마련하고 있다는 점일 것이다. 위기를 항구화할 수 있는 주요한 이유 중 하나는 결코 소멸될 수 없는 '불안'으로, 파국을 말하는 예언자의 입은 저 불안을 끊임없이 생성하며 근대인은 이를 다시 위기와 기회의 생산으로 가공한다. 그리고 우리는 저 예언자의 자리에 시인들이 심심찮게 호명되어 왔다는 사실을 어렵잖게 확인하는데, 이를테면 역사의 종언을 비롯해 이런저런 '종언'들이 터져 나오기 시작한 1990년대 이후, '시'는 종언들의 불완전함을 보완 혹은 재전유하며 디스토피아,

---

1 정명교, 「위기가 아닌 적이 없었다. 그러나 때마다 위기는 달랐다」, 『현대문학의연구』 51호, 2013, pp.14-16.

(포스트) 아포칼립스와 같은 장르와 더불어 파국의 예언을 거듭해 왔음을 익히 알고 있다.

다행스러운 사실은 오늘날의 지혜로운 독자들이 꽤 오랫동안 예언자-시인의 목소리들을 존중하며 들어왔다는 점일 것이다. 여러 이유가 있었겠지만, 아무래도 파국을 말하는 이의 삶과 작품이 폐허가 되어 가는 것을 목도하는 가운데 그것이 환기하는 진정성을 독자들이 도저히 외면할 수 없었기 때문일 것이다. 이와 관련해 한국 문단의 한 지혜로움은 좀처럼 받아들일 수 없는 파국을 '멜랑콜리', '알레고리'와 같은 개념들과 더불어 번역하고 이해해 왔다고 얘기해 볼 수 있을 텐데, 이러한 파국의 이미지들은 '혁명'과 '정지(suspending)'와 같은 정치적·학문적 명제들로 재생산되어 '현재'를 재구성하는 '기회'로 유의미하게 이어지고 있음 또한 새삼 정리해 볼 수 있을 것이다. 요컨대 우리의 일상, 그리고 그 가운데에서 꾸는 꿈까지 모두 파국인바, 진짜 파국을 피하고자 한다면, 우리는 저 예언자들의 목소리와 더불어 발본적으로 반성을 수행함으로써 새로운 현실을 만들어 내어야 한다.

이처럼 근대 세계에서 울리는 예언자들의 예언은 진짜 파국의 전조이자 '위기'로서, 예언이 이내 곧 발본적인 반성의 계기로 전환된다면, 이는 결과적으로 '나'와 '현실' 개조의 주요한 '기회'가 될 수 있다. 물론, 운명-필연-신으로부터 도래한 '파국'이 지혜로운 근대인의 손을 거쳐 '기회'로 전환된 사실에 어떤 가치 평가를 덧붙일 필요는 없을 것이다. "삶이 갑작스레 패러다임적 지위로 격상"[2]된 근대에 예언자들의 진리가 순수히 받아들여질 수 없는 상황은 불가피하다. 한편 아직 우리네 일상이 파국과는 다소 거리가 있다고 느껴진다면, 오늘날의 지혜로움은 다소 탁월한 것이 아닐 수 없다. 비록 결과적으로 예언자들은 '희생양'이 되지 않을 수 없겠지만, 그 누구도 듣고 싶어 하지 않는 파국을 제 삶과 몸을 통해 말하는 이들 덕분에, 이들의 영웅적 희생 덕분에, 오늘날의 지혜로움은 진짜 파국을 피했을 뿐 아니라 새로운 현실을 이뤄 낼 기회로까지 이어졌기 때문이다. 근대의 지혜로움은 예언자들과 더불어 오늘날의 이 일상을, 행복을 지켜 낸 셈이다.

그러나 2020년을 제법 넘겨 버린 오늘날 위와 같은 지혜로움은 적어도 한국 시단에서 더 이상 가능해 보이지 않는다. 무더기의 시인들이 성 비위에 연루된 이후 시인은 순백한 희생양으로서의 자리를 더는 차지할 수 없을뿐더러, 게다가 파국의 이미지는 어느덧 식상한 것이 되어 위기다운 위기로 전환되지 않거나, 스펙터클화되어 흥미로운 하나의 소비의 대상으로 전락하게 되었다. 무엇보다도 한국 시단엔 2010년대 이후 희생양의 자리를 거부하는 젊은 시인들이 대거 등장하였는데, 이들은 파국의 예언이 아닌 파국 이후 새로운 '삶'을 본격적으로 모색하는바, 이제 이들은

---

2 프랑코 모레티, 「진리의 순간」, 『공포의 변증법』, 조형준 역, 새물결, 2014, p.356.

한국 시단의 주류가 되어 문학사적 흐름을 바꾸어 내고 있다. 그러한즉 파국이라니. 시대가 변했다. 그런 건 당최 가능하지가 않다.

3.

첫 시집에서부터 "무너질 게 있다는 건 얼마나 다행한 일인가요"라며(『한강대교 북단에서 남단 방면 여섯 번째 교각에서』) 지독한 묵시론적 세계관을 드러낸 시인은 그러나 동시에 "시간의 발을 핥는자"로서(『차원 X—변종들 혹은 흑마술』), 아마도 "뼈를 바꾸고 있는 중!"이었던 것 같다(『구름의 묵시록』). 그러니까 시인은 "눈을 지우는 방식으로 침묵"하며, "몰락하는 방식으로", "지워지는 방식으로" 예언자이자 지혜로운 근대인으로서, 파국의 전조를 예민하게 느끼고 전달하는 동시에 그로부터 벗어날 수 있는 방식을 거듭 모색해 왔던 것 같다(『당신의 서판(書板)』). 앞서의 시집을 해설한 이들이 공통적으로 시인에게서 '김수영'의 흔적을 발견하고, '영구혁명'과 '사랑=혁명'을 이야기한 것은 시인 내부에서 역동적으로 작동하는 예언자와 지혜로운 근대인 사이의 긴밀한 관계성을 발견했기 때문일 것이다.

그러나 시인은 어느덧 "'그로테스크한 흰 마스크족'/인간을 그렇게 부를 날이 오겠지"라고 속삭이며 담담하게 "이 시대와 미래를 위해 기도하세"라고 말한다. 비록 인간의 생명력은 "머릿니"처럼 끈질기다 하더라도(『흰 마스크족의 전설—설영(雪影)에게』), "우울이 쌓아 올린 거대 철골 구조물"

광명역에서 "꿈꾸듯" "공룡의 뼈"를 연상하는 예언자 시인에게 파국은 이제 정말 돌이킬 수 없는 것이 되었다(「광명역에서」). "여기 들어선 자, 희망을 버려라"(「책의 화형식」). "애써 외면할 수 있어도/벗어날 수는 없는 사랑"(「언 발 찬 밥」), 시인에게 그것은 신이 주관하는 사랑, 파국의 사랑이다.

　그러니 다시 물을 수밖에 없다. 이제 파국은 소모되거나 소비될 뿐, 이제 시인들마저 파국과 폐허의 자리를 떠나 새로운 '삶'을 향해 직접 나아가는 가운데, 주영중 시인은 왜 여전히 오래된 예언자의 자리에서 파국의 예언을 고집하고 있는 것일까. 게다가 이건 위기나 기회로 변환되지 않을 순수한 파국, 근대의 지혜에 포섭되지 않는 절망적 파국이 아닌가. 근대인이 피하고 했던 그 '진짜 파국' 말이다. 이런 파국은 조금 새로운 것인가. 그렇다면 시인은 왜? 왜 시인은 조금의 새로운 삶과 희망도 담고 있지 않은 그런 진짜 파국을 노래하는 것인가.

　　　비가 바람에 기울고
　　　떨어지는 빗방울에 세포들이 끌리는 오늘

　　　0.1초 후의 생체 리듬과 움직임을 따라가면
　　　훅 달아오른 생의 복판에 이를 수 있을까
　　　생의 극지에 도달할 수 있을까

　　　시도 때도 없이 올라오는 질시 혹은 분노

이 정도는 시작에 불과하지
지루한 바람의 웃음

사랑은 이미 반환점을 돌았고
나머지 반을 향해 내딛고 있지
우산이 비를 당기는 하방경직성의 시간들

(중략)

갱, 갱, 갱, 갱신을 위해
반복이 아니라
갱신을 위해
사랑의 정점으로
다시 거슬러 오를 것

꼬리뼈가 몸통을 흔들듯이
복중에 든
카멜레온의 움직임으로
사탕을
처음 맛본
아이의 표정으로

—「갱년(更年)」부분

"갱을/신앙의 원리로 삼는/현대의 생리가/잠시 번뜩이

는 오후"에 시인은 "갱, 갱, 갱, 갱신을 위해/반복이 아니라/갱신을 위해/사랑의 정점으로/다시 거슬러" 오르고자한다. 위기와 기회의 반복을 통해 파국을 피하고 근대의 삶과 행복을 지속해 나가는 우리를 겨냥하듯, 시인은 근대의신앙으로서 기존의 새로움이 아니라, 진짜 새로움을, 진짜'갱'을 이야기한다. 그러나 여기엔 어떤 새로움이 있겠는가.오직 진짜 파국만이 있는 가운데, 어떻게 새로운 삶이 가능하단 말인가. "사랑의 정점으로/다시 거슬러" 올라갔을 때우리는 무엇을 발견한단 말인가.

갱년(更年)의 나이에 이르러 새삼 깨닫는 '사랑'에 대해시인은 "사랑은 이미 반환점을 돌았고/나머지 반을 향해내딛고 있"다고 말한다. 반환점을 돈 사랑의 주체는 '인간'이 아닌 '신', 그러므로 나머지 반을 향해 내딛는 사랑의 시간 역시 신의 시간으로, 다만 그 시간은 이를테면 "물의 평등 물의 침범 물의 언어 물의 사랑 물의 행적", "물의 광란물의 해일"이 현실화되어 가는 시간이 아닐 수 없다(『점령군처럼』). 그렇다면 "사랑의 정점으로/다시 거슬러 오를 것"이라는 문장은 여지없이 저 반환점으로 돌아가고자 하는 시인의 의지 표명에 다름 아니게 된다. 파국을 선물하는 신의사랑의 정점에 도달하는 이 예언자의 사랑, 그의 사랑은 신의 사랑을 흉내 내며 '파국'을 독자들에게 선물하는 그런 사랑인 것이다. 그리고 그런 시인에 따르면, 즉 신의 사랑을모방하며 "우산이 비를 당기는" 시간을 생성하는 시인에 따르면, 이 파국의 선물을 받아들이는 것이야말로 진짜 새로움, 진짜 갱신으로 이어지는 첩경이다.

그렇다면, 다시 왜, 시인은 왜 이런 무자비한 사랑을 실천하며 이를 진짜 새로움이라 말하는 것인가. 우선 독자가 알아차릴 수 있는 사실은 시인의 이 사랑이 그간 시인이 김수영과 더불어 감행하고자 했던 사랑과는 분명하게 구별된다는 점일 것이다. 시인은 김수영식 사랑인 "깜박임의 기술을 구멍 속으로 모든 걸 밀어 넣고 집어삼키는 기술"을 새로이 수행하는데(「사이」), 그럼 '파국의 사랑'이라고 우선 명명해야 할 이 새로운 사랑의 정체는 무엇인가. 혹 시인은 '파국'과 더불어 우리에게 어떤 태도를 전달하고 있던 것은 아닐까. 우리가 '삶'에의 집착과 더불어 잊어버린 무언가를 전달하고 있었던 것은 아닐까.

4.

흰 새라 발음하자 비상의 흔적 속에 음악 없는 저녁이 찾아온다 목소리가 와서 거품처럼 엉긴다

이게 아빠야~ 젓가락으로 감자전을 찢는다 먹는다 찌른다 나는 손으로 얼굴을 일그러뜨리기도 하고 아프다고 말한다 미운 아빠! 사랑이 담겨 있다고 믿는다 간장에 담근다 어구르르 검은 물에 빠진 시늉을 한다 호흡이 부족해 팔을 허우적거리다 깊은 물 위를 쳐다본다

아이는 나를 우수 밖으로 뻥 차 버리기도 하고 토막을 내기도 하고 아구작 아구작 씹어 먹기도 한다 아무렇지도 않게

비로소 나는 자유로워진다

아이가 얼떨결에 뺨을 때렸다고 문제 될 건 없다 슬퍼할
건 없다

—「아이와 감자전」 전문

아이가 "나를 우주 밖으로 뻥 차 버리기도 하고 토막을
내기도 하고 아구작 아구작 씹어 먹"을 때, "비로소 나는 자
유로워진다"고 말하는 시인에 따르면 진짜 파국이야말로
우리에게 '자유다운 자유'를 전달한다. 사실 우리는 '신의
시간'과 '인간의 시간'에 "묶인" 존재(「이중 사슬」), 그러니까
우리는 '죽음'과 '삶' 모두에 '이중'으로 묶인 존재로서, "그
물에 걸린 생"을 구속하는 이 '그물'은 신과 우리가 함께 만
든 그물, "바깥과 내가" 함께 "만든 줄"에 다름 아니다(「목줄
에 대한 명상 2」). 우리는 '죽음'에 대한 불안과 두려움으로부
터 달아나는 가운데 '삶'이라는 또 다른 구속에 사로잡혀 왔
던 셈이다.

그리고 시인은 죽음과 삶에 의한 이중의 구속 상황에서
다음과 같이 말한다. "자유는 어디까지 왔나,/까마귀가/깊
은 안개를 뚫고 온다"(「목줄에 대한 명상 1」). 요컨대 파국이,
신의 시간과 신의 사랑만이 우리를 인간의 시간이라는 삶
의 구속으로부터 '자유'를 가능케 한다. '신'에의 철저한 수
동성과 더불어 가능할 자유, 우리는 이와 같은 자유를 종교
적·신학적 자유라 얘기할 수도 있겠지만, 이는 그보다 훨
씬 더 설득력 있을 자유, 고대 그리스의 지혜가 추구했던

'비극적 자유'라고 규정해 볼 수 있을 것이다. 헤겔과 니체가 그토록 갈망했던 이 비극적 자유는 신에 의한 이 타자적인 운명, 즉 죽음–필연과 나란히 존재하는 인간의 자유로서, 자신의 한계를 안다는 지점에서 그 어떤 자유보다 지혜로우며, 자신의 존재를 위협하는 타자와 나란히 있다는 지점에서 그 어떤 자유보다도 빛나는 자유이다.

그러한즉 시인에 따르면 "무서워하는 인간 우리는 힘이 세져야" 할 것이 아니라(「수명 다한 전구를 갈고」), 반대로 "그대로 계세요 힘을 빼요 힘을"이라는 조언을 거듭 상기해야 한다(「가을 미용실, 라벨르」). "도망가지 않을 거면 쫓아내지 않을 거면"(「∞」) 그러니까 파국이라는 신의 사랑으로부터 도망가지 않을 거면 혹은 이를 쫓아내지 않을 거면, 우리는 이를 기꺼이 받아들여야만 하는바, 이로써 우리는 이와 같은 신의 사랑의 수용으로부터 가능할 비극적 자유와 더불어 비로소 "내일의 안식"이 아니라(「수명 다한 전구를 갈고」) '오늘의 안식'을, 따뜻한 "자장가" 또한 얻을 수 있을 것이다(「폐허의 섬에 닻을 내리는 시간」). 우리는 오직 '진짜 파국'으로부터 자유다운 자유를, 안식다운 안식을 추구할 '나'를 갖출 수 있는 셈이다.

나는 묻는다

잠자리 겹눈에 비친 노랑말의 시체를

옅은 초록의 엽맥 사이로 지나가는 햇살과 바람을

2020년 9월 17일 2시를 향해 밀려오는 눈부신 회한을
덜 여문 옥수수를

저기 걸어오는 비밀스러운 남녀의 속눈썹을 진자주 셔츠
와 원피스를

범나비 날개 위에서 도는 회오리를 막 태어난 구름의 배
꼽을

—「타임캡슐」 전문

    따라서 시인은 묻는다. 온갖 것을, 거의 모든 것을 묻는
다. 그것이 장례를 위한 것이 아니라 '타임캡슐'을 위한 것
이라는 것은 일말의 희망으로 다가오는 것 같지만, 그런데
그가 마지막에 담는 것은 "막 태어난 구름의 배꼽"이다. 지
금 이곳, "폐허와 태허 사이/차가운 불명의 섬"에서의(「폐허
의 섬에 닻을 내리는 시간」) '구름'은 "하늘의 거대 서사"가 이루
어지는 곳으로(「굿바이! 고비」), 이는 "물의 광란 물의 해일"을
야기하는 사실상 파국의 상징물에 다름 아니다. 그러므로
"구름의 서사가 머리를 잡아채듯 요란"한 가운데(「굿바이! 고
비」), "물이 삼킨 구름, 구름을 삼킨 식탁"이라는(「물푸레 식
탁」) 이 두 상황의 병치는, 한편으론 신과 인간 사이의 절망
적인 어긋남의 표현이면서 동시에 이 긴장을 넘어 파국을

예감하고 받아들이는 예언자-인간의 지혜롭고 빛나는 자유의 사건으로 독해될 수 있을 것이다. 그렇게 시인은 타임캡슐 안에 파국을 묻는다. 더 정확히는 파국을 받아들이는 이 지혜롭고 빛나는 자유를 함께 묻는다.

5.

이로써 우리는 시인이 '왜' 예언자의 자리에서 진짜 파국을 고수하는지 조금 이해할 수 있게 되었다. 요컨대 진짜 파국만이 우리로 하여금 자유다운 자유를, 비극적 자유를 실현하게끔 한다. 비극적 자유야말로 삶에 결박된 위기-기회의 반복을 끊고 터져 나오는 새로운 자유로서, 이와 더불어 우리는 내일의 안식으로부터 자유로운 오늘의 안식 또한 추구할 수 있다. 그렇다면 우리는 이제 '어떻게'를 물어야 한다. 마음 급한 독자는 도대체 시인은 어떻게 그런 자유를 획득할 수 있었는지, 나아가 독자는 어떻게 저 자유를 획득할 수 있을지 묻지 않을 수 없다.

아들과 게임을 하니 이제 내가 구박을 받는다 머릿속이 하얘져서 고양이가 된 기분인데 어떻게 하는 거야 물으면 외계어가 돌아온다 다시 물으니 그것도 모른다며 답답하다 며 호통 아닌 호통까지 친다 화도 내지 못하고 가만히 수긍 하다 돌아서면 배시시 웃음이 난다 고양이 전사들이 치열하 게 진쟁 중이다

—「고양이 게임」 전문

시인은 갱년에 이르러 비로소 ‘아버지’로서 신의 사랑을, 파국의 사랑을 깨닫는다. 「아이와 감자전」에서도 확인할 수 있었지만, “가만히 수긍하다 돌아서면 배시시 웃음이” 나오는 이 경험은 자녀에 의해 ‘나’의 주체성, 자유가 좀처럼 그 힘을 발휘할 수 없을 때 경험하는 순간으로, 평생을 ‘주인공’으로 살아온 ‘나’는 자녀들에 의해 비로소 ‘조연’이 될 수 있는 것이다. 이 기꺼운 ‘조연 되기’는 ‘아버지 되기’라는 ‘수동성’의 경험과 더불어 가능한 태도로, 이미 시인은 두 번째 시집에서 “아버지가 되면 비난받을 자격이 생”기는 것을 깨달았던바(「무저갱」), 그는 아이들의 위로와 진정을 통해 잠든 꿈속에서 “낯선 문자들”이 “뼈대에 하얀 명령들”을 새길 수 있었다(「하얀 명령」). 아이들과의 에피소드를 통해 개진되는 파국의 예언은 파국을 더욱 끔찍한 것으로 만들지만, 그러나 다른 한편으론 그만큼 절실한 것으로, 그리고 납득 가능한 것으로 만들어 준다.

　　　　이곳은 마지막 유형지
　　　　자궁 속 몽상

　　　　묶인 줄 모르고
　　　　도주를 꿈꾸는

　　　　강은 흐르는 거였지

비루한 물빛

숨조차 쉴 수 없는

저 비명들

—「유형지」 부분

한편 시인은 '시인'답게 '시'와 더불어 파국을, 신의 사랑을 수용하는데, 그에게 시란 일종의 "마지막 유형지/자궁 속 몽상"으로 이 자유로운 몽상과 더불어 시인은 파국의 시인으로 거듭나고 있다. 몽상이란 "묶인 줄 모르고/도주를 꿈꾸는" 우리로선 너무 자연스러운 일로, 몽상과 더불어 우리는 "무수한 골목으로 샛길로/자기를 떠나간다, 자기를 떠나/타인의 가면만큼/우리는 많아지지 우리보다도 더"(「구름 속 강의실」). 이처럼 몽상은 묶여 있는 자가 추구할 수 있는 가장 큰 자유의 방법이자 그 실현일 것으로, 그러므로 "갇힌 자"로서 시인은 "사방 벽을 무너트리고/가장 민감한 자유를 데려온다". 이 민감한 자유와 더불어 수행하는 몽상의 세계는 "중심도 아니고 주변도 아닌/다만 생성과 열림의 성소"에 다름 아니다(「박새 울음소리가 굴참나무 숲을 데리고 온다」).

그러나 시인은 "자기를 떠나" 무수히 많아지는 '나'의 바로 다음 자리에 "고요에 탁 걸려 버린 구름"을 배치하며(「구름 속 강의실」), 몽상이 항상 되돌아와야만 하는 혹은 마주할 수밖에 없는 궁극의 지점을 명시한다. 거듭 흐르는 몽상이 가닿는 곳은 "흐르고 싶어도 흐르지 못하는/씻빛 피오르"(「오슬로의 밤」), 사실상 몽상을 탄생시킨 근원이자 몽상이 궁

극적으로 도달하는 곳, 우리는 이제 이곳이 어디인지 어렵
잖게 예상할 수 있다. "모든 구멍이 차단당"했을 때 "이제는
마주해야 하는 것"(「거울의 제단」), 그것은 여지없이 파국이다.

　이제 독자는 시인의 민감한 자유가 몽상과 더불어 "멀리
로부터/박새 울음소리가 굴참나무 숲을 데리고 온다"고 시
편을 마무리할 때(「박새 울음소리가 굴참나무 숲을 데리고 온다」),
이 굴참나무 숲이 결코 우리가 기대하는 희망적인 공간이
결코 아니라는 사실을 새삼 확인한다. 파국의 관점에서 우
리의 몽상은 "유형지"에서 꿈꾸는 "자궁 속 몽상"으로, 그
곳이 현실 속 어떤 "생성과 열림의 성소"를, 망상적 현실을
마련한다 하더라도, 이제 우리가 진정 새로움을 원한다면,
민감한 자유를 넘어 비극적 자유를 달성하고자 한다면, 우
리는 몽상이라는 "마지막 유형지"를 끝으로 '파국'의 형장
에 이르러야 한다.

6.

　문은 항상 열려 있습니다 이곳은 무한의 골방이자 공명
의 성소, 기다림과 얽힘의 무한궤도 불쑥 하고 열릴 겁니다
언뜻언뜻 떠올라 올 때가 있을 겁니다 무심코 들르세요 당
신의 시간 속에 나타났다 사라지고 다시 나타날 순간을 위
해 기도하겠습니다 상념의 거리를 걷다 당신은 그저 발길을
돌려 자동문 너머로 스르르 들어오면 됩니다 언어들이 나비
처럼 떠다니고 무정형의 층마다 무정형의 공간이 튀어나올

겁니다 당신은 아득한 빛 속으로 증발하기도 하고 다른 차
원으로 순간이동을 할 수 있습니다 놀라지는 마세요 어디선
가 다시 솟아날 테니까요 진열된 감정 앞에서 시계의 초침
이든 바람이든 나뭇가지든 그 가리키는 방향으로 발길을 옮
기시면 됩니다 이곳은 곧 당신입니다 당신이 가진 송신기에
어떤 번호를 입력해도 언제든 연결될 겁니다 보이지 않는
곳에서 기다리겠습니다 블랙홀 같은 가게에서

— 「몽상가의 팝업스토어」 전문

시집 전반에 걸쳐 도시 속 일상을 "착란"에(「게이트 징수원
의 눈물」) 가까운 몽상으로 그려 낸 시인은 어느덧 몽상 가운
데 팝업스토어를 차리고 독자를 기다린다. 독자들이 저마
다 가진 '가장 민감함 자유'와 더불어 그들의 몽상이 우주에
이르기까지 넓어져 갈 때, 시인은 "블랙홀 같은 가게"인 팝
업스토어에서 독자를 기다린다. 거듭되는 몽상적 이미지의
전개 속에서도, 이로부터 한 발짝 떨어져 발화되던 화자의
목소리 또한 항상 함께 존재하던 것을 생각하면, 시인은 팝
업스토어 주인으로서 계속해 우릴 기다려 왔던 것일지 모
른다.

몽상가들을 위해 새로운 무언가를 홍보하고 판매하는 몽
상가의 팝업스토어, 그 새로운 무언가란 두말할 것 없이 파
국, 진짜 파국이다. 그럼 이제 우리는 저 진짜 파국을 받아
들일 수 있을 것인가. 파국을 파는 이 가게가 아직 팝업스
토어인 것이 말해 주듯, 아직 파국의 사랑을 많은 이들이

실현하기엔 더 많은 과정들이 필요할 것이다. 다만 몽상가 시인에 따르면 몽상은, 더 정확히 '몽상 다음의 몽상'은 저 추가적인 과정에 거듭 요청되는 주요한 방법으로 보인다.

몽상을 주제로 하는 또 다른 시편에서 시인은 "시로부터 도망 중이다/증오로부터/저 열도로부터 열렬한 열도로부터"로 시작해, "겨우 생명만 유지한 여름이 지나고/극한 계절에 맞닥트린 벌레를 떠올린다/몸으로 얼음을 만들던 벌레를"로 끝을 맺고 있다(「그리고의 몽상」). 시인에 따르면 먼저 우리는 기존의 "시로부터 도망"쳐야 하는데, 몽상을 낳은 원인으로서 "증오로부터/저 열도로부터 열렬한 열도로부터" 도망칠 필요가 있기 때문이다. "어머니가 남기고 간" 인생 요리법이 오직 "분노"와 "단말마적 지진들"로 이루어진 것을 발견한 시인으로선 자신의 자녀들에게 동일한 역사를 넘겨줄 순 없다(「인생 요리법」).

그러나 그렇다고 몽상 자체를 포기할 필요는 없을 것이다. 몽상과 더불어 우리는 비록 절반의 자유이지만 소위 '현실'이라는 것에서 최대치로 벗어나 그 가운데 예언자의 팝업스토어를 마주할 수 있었을 뿐 아니라, 몽상만이 그 고유의 부정 능력으로 기존의 몽상을 부정하며 갱신할 수 있기 때문이다. 단 몽상은 몽상 이후의 몽상, 즉 진짜 파국 이후의 몽상이 되어야 하는바, 관련해 몽상가들마다 다양한 양태의 것들을 만들어 내겠지만, 만약 여전히 저 파국이 좀처럼 받아들이기 어렵다고 한다면 "겨우 생명만 유지한 여름이 지나고/극한 계절에 맞닥트린 벌레"가 결국엔 "몸으로 얼음을 만들"었던 것을 떠올리는 시인의 몽상을 함께 따라가 보자. 파국을 받아들이는 하나의 연습에 다름 아닐 이 몽상은 기존의 시로부터 도망을 꿈꾸는 몽상 이후의 몽상으로, 적어도 파국의 사랑을 몸소 실현하는 과정의 첫걸음만큼은 분명히 제공해 줄 수 있을 것이다. 아직 갈 길이 너무 멀어 보이는가. 그러나 방향만큼은 명확해졌다. 급할 것 없이, 예언자가 보여 주는 이 방향으로 모두 한 걸음만 나아가 보자. 한국 시단의 새로운 10년을 추동할 힘은 여기 '진짜 파국'에 있음을, 이 오래된 예언자들에게 있음을 조심스레 발견할 수 있을 것이다.

7.

"우울과 몽상의 도시를 지나/돌로 된 주막 돌로 된 여숙을 향해 달려가는 밤"(「게이트 징수원의 눈물」). 아직 밤은 계속된다. 다만 이제 우리는 시인의 몽상을 따라 "돌로 된 주막"과 "돌로 된 여숙"에서, 우울과 몽상의 도시에서 빠져나온다. 그리고 팝업스토어. 파국, 자유, 안식. 이제 우리는 다시 저 도시로 향한다. 우울과 몽상의 도시, 그러나 저 우울과 몽상이 기존의 것과는 확연히 다를 것이라는 것을 우리는 모두 예감할 것이다. 다시 몽상의 밤이다. 사랑의 밤, 파국의 밤. 하얀 밤이다.